청어詩人選 174

# 아내의 하늘

김도성 시집

청어

청어詩人選 174

아내의
하늘

## 시인의 말

지금까지 살아오면서 생로병사는 어느 누구도 피할 수 없다는 생각을 한다.

뇌경색으로 반신을 쓸 수 없는 아내가 3년 동안 병원생활을 했다.

매일 아침저녁으로 아내 병원을 찾아 간병을 했지만 집에서 나와 함께 살기를 원했다.

그래서 3년 전 현충일부터 집에서 함께 살고 있다.

아내가 젊은 날
자신의 하늘이 좁아진 이유를
나 때문이라고 했다
나의 하늘 아래에
자신을 끼워 주지 않은 것에
불만이다

나의 하늘 아래에
아내를 끼워 주고 싶어도
이제는 아내가 건강치 않기에
내가 아내의 하늘 속으로
들어 가야간다

나는 아내의 일을 해야 했고
아내의 손이 되었다
아내가 전에 없이 자주 말 한다
"여보! 고마워요. 미안해요."

달맞이꽃도 남천나무와
하늘 아래 함께 사는 것처럼

– 「하늘」 전문


아내의 하늘 아래 살기로 결심했다. 그래서 나는 전업주부가 되었다.
『아내를 품은 바다』 첫 시집에 이어 두 번째 시집 『아내의 하늘』을 낸다.
효심이 남다르고 큰 도움 없이도 행복하게 살아가는 세 딸을 사랑한다.
첫 시집에 이어 정성으로 시평을 써주신 윤형돈 시인에게 감사한다.
이 책은 수원시와 수원문화재단의 문화예술발전기금에 선정되어 지원
받아 발간되었음을 알린다.

2019년 봄
무봉 김도성

# 차례

# 1부

## 5분 전 12시

# 꽃반지

눈이 크고 예쁜 수필가 누님이
정성 들인 비즈 반지를 선물했다
구부러진 아내 손가락에 끼워주니
좋아서 입이 벙그레 벌어진다
오그라든 손 만지며 펴보이는데
아내 손가락이 내 손가락을 말아 쥐며
"다시는 놓지 말아요."
속울음 삼키며
"여보! 사랑하오."

# 그림자

눈 감아야 보이고
귀 막아야 들리고
가슴으로만 느껴지고

창문을 스치는 게 있어
열어 보았지만
청천의 별들이 가물거렸다

누군가 다녀갔는데
가슴에 바람으로 남았다

외로운 나무에
붉은 손수건 하나 걸려있다

윤슬의 미소로 반짝이던
타이핀 선물처럼

*故 신금자 수필가에게 별세 전날 받은 타이핀 선물

# 동백의 서사

시골 초가 골방 성탄전야의 젊은 별들이
하나둘 창을 열면 화롯불에 군밤 터지고
군고구마 까먹던 입가에 손뼉 치며 부르는
캐럴송 소리에 시루 속 콩나물이 고개 들고

메주 곰팡이 퀴퀴한 냄새에 중독되는 밤
한 이불속 부챗살로 앉아 발가락 신호와
눈길로 사랑했던 그 추녀 끝에 눈이 쌓이고

잠든 새벽에 몰래 도망쳐 나와
눈 덮인 산길에 큰 대자로 사랑을 포개고
수덕사 지나온 길 온천여관의 하룻밤에
붉은 동백 꽃물이 흥건하게 터졌겠다

# 백장미

왔던 길 되돌아가는 길
그렇게 어느 날 갑자기
허공을 가르듯
하늘을 나는 한 마리 학
포수의 총에 맞은 듯
땅에 떨어졌다

아침 해를 보는 백합의 웃음도
바람에 흔들리는 억새 춤도
미꾸리 잡듯이 발끝을 후비던 몸짓
지금에 생각하니
그 웃음, 춤, 몸짓이
이별의 부추김이었습니다

잘 가시오
평안한 곳에서 행복하시오
몸은 떠났지만
당신의 영혼은 가슴 텃밭에
백장미 꽃으로 오래오래
피어날 거외다

*2017. 12. 15. 故 신금자 수필가 49재 아침에

# 꿈

북두칠성 여섯 번째 별에 목화씨 하나 심어
은하수 물 길어 기르는 주문을 외워봅니다

계수나무 그네에 앉아 두 다리 뻗어 흔들며
하루빨리 목화 꽃 보게 해달라고
거문고 별자리 바라보니
기다리던 목화 꽃에 구름 꽃이 피었습니다
구름 솜 비벼 물레 자아 밤 깊도록 실을 뽑고

하늘에 베틀 놓고 구름 속에 이매* 걸어
함경 나무 바디집*에 오리나무 북에다가
짜궁 짜궁 명주 비단 짜서

당신이 마음껏 하늘을 훨훨 이리저리 날도록
날개옷 입혀주고 싶어 꿈에서도 옷을 깁습니다

―아내 생일에 바치는 詩

*이매 : 잉아―베틀의 날실을 엇바꾸어 끌어올리도록 맨 굵은 실
*바디집 : 베틀에서, 바디를 위아래로 끼워 감싸는 두 짝의 나무틀

# 아내의 하늘

저녁상을 차려 아내와 겸상했다
오랜만에 계란찜을 해 놓았다
대파 썰어 넣고 새우젓 간을 하고
참기름 방울 또르르 굴리고
깨소금 솔솔 뿌려 날계란 두 개 풀어
물을 조금 넣어 약 불에 찜을 했다

아내가 계란찜에 눈길도 주지 않고
북어국과 콩조림만 얄밉게 먹었다
난 아내 얼굴만 바라보며 찜을 앞으로 밀었다
첫술에 맛본 아내가 뚝배기 바닥을 긁었다
콧물 훌쩍이며 엄지를 펴 미소진다
힘은 들었지만 내일 반찬을 생각하며
나는 아내의 하늘 속에서 사는 것에
어느 정도 익숙해졌다

# 5분 전 12시

5분 전 12시 두 바늘 사이의 각이 30도
절대로 기다려 주지 않고 좁아진다

사랑하는 아들의 입영 열차
떠나야할 시간이 점점 다가오고 있다

반세기만에 만난 이산가족
잡았던 손을 놓아야 할 시간이다

마지막 숨을 거두는 가장을
지켜보는 절체절명의 순간

시침과 분침이 초침의 재촉으로
간극이 더욱 좁아진다

두 개의 작두날이
여물을 썰듯 침묵을 자르고 있다

# 달분이

잠투정 자주하고 애처럼 짜증 부려
아내의 닉네임을 달분이라 지어주었다
찡그린 낯빛으로 칭얼대는 내자의 마음

며칠 전 첫째 딸과 하룻밤 자고나서
간밤은 오랜만에 평안히 잘 잤다고
"이봐요 보고픈 딸과 자고나니 좋아요"

창밖을 바라보며 나뭇잎이 하나둘
땅에 떨어지니 품 떠난 자식 같아
시집간 딸애와 통화하고 싶어 또 안달

# 눈 내리는 간월암

함박눈 너울너울 바다에 떨어지고
일몰이 서쪽으로 어둠이 짙어질 때
천수만 수평선 위에 간월암 두둥실

여승이 소리 없이 놓고 간 녹차 잔
혀끝을 굴려가며 마시는 향기 속에
밀물에 아른거리는 아름다운 추억들

얼룩진 일기장속 숨겨둔 사랑이야기
가슴속 설렘으로 또다시 떠오르면
툭툭툭, 동백꽃송이 힘없이 떨어진다

# 툭,

먹다버린 복숭아 씨
쭈그러진 골을 따라 해를 향해
비집고 오르는 싹이 죽어야 사는 나무

신비감에 흥분했던 사춘기
지지,
않는 꽃으로 지금까지
가슴복판에 붉게 핀 동백

비바람 몰아치던 밤
교회당 못 빠진
양철지붕 삐걱거림 속에
그 날 꽃물이 터진 동백

다시는 피지 못할 꽃
그때 불던 바람 속으로
툭,
떨어진 붉은 그 동백

# 굴비

한바탕 싸우고서 미안한 아버지는
쌈짓돈 탈탈 털어 선물 샀다

어머닌 아버지 속옷을 방망이질 했지만 밥상 위에 동동구리무
와 은비녀 올려놓고 좋아서 싱글벙글 엉덩이는 씰룩씰룩 신바
람 어깨춤에 덩실덩실 춤추던 밤 미루나무 가지에서 부엉이 부
엉부엉 울 때 이부자리 들썩들썩 방문이 흔들흔들 숨소리 헐떡
거리던 아버지 "여보! 윗−디어." 한참 있다가 어머니 "언제 헌−
겨." 그 밤 안방 난리 바람에 보리밭은 출렁였던가 말았던가

다음날 아침밥상에 굴비 녀석 떡, 올랐다

# 꽃밭에 누워

삶은 바다를 항해 하는 것 같다
가다가 힘이 들면 쉬었다 가자
그래도 힘이 들면 누웠다 가자
누웠다 잠이 들면 잠꼬대로 가자

꿈도 꾸고
뽕도 따고
임도 보고

잠이 들면 깨지 말고
귀천하면 더 좋겠다
천상병 시인과 만나
막걸리 한 잔 하면 좋겠다

# 하늘

아내가 젊은 날
자신의 하늘이 좁아진 이유를
나 때문이라고 했다
나의 하늘 아래에
자신을 끼워 주지 않은 것에
불만이다

나의 하늘 아래에
아내를 끼워 주고 싶어도
아내가 건강치 않기에
내가 아내의 하늘 속으로
들어가야 한다

나는 아내의 일을 해야 했고
아내의 손이 되었다
아내가 전에 없이 자주 말한다
"여보! 고마워요. 미안해요."

달맞이꽃도 남천나무와
하늘 아래 함께 사는 것처럼

# 동백이 지던 날

사춘기 가슴에 활짝 피운 꽃 한 송이
동백꽃 툭 떨어지듯 그 하늘로 떠났다
고무신 벗어 던지고 홀연히 가버렸다

꽃 소문 바람 타며 몰래 키운 우리사랑
상여 집 공동묘지 해당화 피는 천수만
그 묘지 상석에 누워 헤아리던 별자리

소나기에 젖은 옷 말리려고 뛰어든 곳
물레방아 빙글빙글 돌며 깊어가는 밤
어깨에 턱 올려놓고 속삭이던 밀어들

지금도 이명처럼 귓속에 들리는데
지상에 남겨 둔 채 무심히 져버린
어쩌다 돌릴 수 없는 마지막 그 길인가

언제나 떠났다가 말없이 찾아오고
간다는 말도 없이 사라진 붉은 동백
가슴속 뜨거운 화농, 덧나다 울컥 쏟다

# 어느 시인의 유서

내가 밤길을 걸으면서도
외롭지 않은 것은
평생을 보아도 변치 않는
북두칠성과 동행했던 길

내가 천수만을 걸으면서도
고독하지 않은 것은
파도소리
밤바다의 밀물 같은 추억

내가 묘지의 상석에 누워서도
잊혀 지지 않는 것은
난생처음 약속한 첫사랑이
유성처럼 사라진 아쉬움

물방앗간 짚불 앞에서도
의심하지 않은 것은
소나기로 젖은 옷 말리던
그때 그 얼굴이 그려져

유령의 상여 집에서도
두려워하지 않은 것은
서로 믿고 의지하는
철옹 같은 사랑과 믿음

내 반백년 전 사랑의 터
연암 산이 굽어보고
간월도 일몰이 지켜보는
천수만의 갯벌에 묻어주오

내 죽어 바라는 소원은
두 무릎 오그리고 누워
창천의 별들에게 이야기하는
두 무릎 섬이 되는 것이외다

# 고추

고추는 양지쪽이
잘 마른다

고추 멍석 앞에
할아버지 몇 분이
햇볕을 쪼이고 있다

할머니 한 분이
열심히 부채질 한다

늙은 고추들이
오늘은 잘 마르겠다

# 어묵

부산 어묵을 선물로 받았다

멸치 다시마 대파 양파 무를
넣고 육수를 우려냈다

거기에 어묵을 넣고 끓였다

정성을 아는지 모르는 지
안 먹는다고
도리질 하는 아내

어묵이 된 내가
베란다에서 말없이 하늘만 본다

# 나의 왼손

아내가 손등까지 내려온
오른팔 옷소매를 걷어 달라
"여보!"
하고 팔을 내밀었다

난 말 없이 세 번 접어 올리며
'여보! 힘들지만 우리 오래 살자.'
속으로 기원했다

내가 요리한 시금치나물
아내의 코앞에 대주며
"여보! 이거 상했나요."
고개를 끄덕인다

우린 왼손 못 쓰는 아내
냄새 못 맡는 남편과
궁합이 잘 맞는 부부

그래도
마주한 겸상에서
궁색한 웃음 보석처럼
챙겨가며 힘든 고개를 넘는다

# 이런 사람

가끔 그립다
흐리고 할 일 없는 오후
한 잔 하고 싶은 친구

답답한 가슴 빠개
보여주고 싶은 사람이

# 푸른 솔

푸른 청년 시절이
그리울 때가 있다

청포도 그늘과
청무우 밭에서
청춘을 구가하며
마침내 궁극의
청포 손님을 기다리던

그래서 늘 푸른
소나무가 좋다

언제 불러도
선구자의
푸른 솔이 좋다

# 2부

## 죽어야 사는 나무

# 고요 아침

천개가 넘는
폰 속의 전화번호가 사라졌다

머릿속 살림살이를
일시에 들어낸 빈집이
자궁 적출한 움집의 허허로움

천년 학이 사는 절해고도에서
천년의 바람과 만난다

낮에는 해와 바람과 구름
밤에는 별과 바람과 파도소리

# 풍뎅이

누구의 혼백일까?

천정 모서리에
투구벌레 난다

참으로 오랜만에
메주 곰팡이 누룩냄새
코를 찌르던 고향집
안방 천정에서 보았던
딱정벌레

어인 일일까
내 머리 위에서 윙윙
부모님 영정
휘휘 도는 장수풍뎅이

# 월광

휘영청 가을달빛
쪽창을 넘어오고
갈바람 서걱서걱
댓잎을 흔드는 밤
창가에 아른대는
임의 얼굴 그린다

설레는 가슴안고
자박자박

낙엽을 밟아보니
달빛 물결 사이로
흔들리는 작은 배
거기 3악장에 있어라

# 죽어야 사는 나무

살을 에는 찬바람 중심의 나이테로 우뚝 서서
바늘 푸른 잎으로 위용을 떨치던 알마시카

낮에는 빙산 사이로 멀리 태양과 마주했고
밤에는 영롱한 별들과 수많은 사랑을 속삭이던 너

벌목 차에 허리가 잘리고 목이 꺾이고 팔이 부러져
북극지방 짠물에 뗏목으로 수개월 떠돌다가

화물선에 올라 지구 반 바퀴 바다를 돌아 인천항에 도착
원목 목재소에서 몸을 쪼개고 살점 일부가 서각의 손에

살아서 수백 년 죽어서 천년
광교산 정자의 명패로
바람 눈 비속에 고향 알라스카를
바라보며 새로 사는 망해정(望海亭)

*알마시카 : 소나무 일종

# 황간 역에서

지금 내가
보고파 부르는
어, 엄-마 소리

동그란
비눗방울 속
파란 하늘
구름타고

나 혼자
후- 불어 본다
어머니 찾아갈까

# 아내의 신발


우린 1.5+0.5 부부
내게 1.5인분 건강을 달라 기도 한다

내가 평생 챙겨야 할
아내를 위하여 0.5가 필요하다

아내의 신발 한 짝
밑창이 뒤집혀 하늘을 본다
바로 놓는 것이 나의 몫이다

# 나의 기도

제게 2인분의
건강이 필요합니다

사랑으로
챙겨야 할
1인분의 여인이 더 있습니다

# 별밤

그날 밤
우리 둘은
낮의 해가 덥혀놓은
온돌처럼 따스운
산정 묘지
상석에 누워
별들을 삼켰다

# 서산 촌놈의 고백

목사님 중신으로
개천절 맞선보고
한글날 첫 데이트
보름 후 약혼하고
사십 일 만에
예를 갖춰 혼례식

신혼여행 첫날밤
온돌방 팔팔 끓어
앗! 뜨거워
엉덩이 델까
뜬눈으로 날 지새워

# 비울수록 취하더이다

이미 버려진 추억들
마음에 담으려
추슬러 보지만
이제 가슴에는 떨림도
설렘도 다 없습니다

미루나무는
헌칠하니 홀쭉하게
제 잎을 떨구지만,
바스락 낙엽소리만
귓전에 차오릅니다

공허한 마음에
무엇인가 채우려고
술잔을 비워 보지만
비우면 비울수록 취하더이다

# 아내와 뉴스

이봐요 전쟁나면
우리는 어떡해요

집에서 지내려면
뉴스나 들어보게
휴대용
라디오 하나
건전지용 사와요

# 엉터리 작곡가

초가을 장맛비가
화살같이 내리꽂고

거실의 마누라는
콩나물 국밥타령

작곡가 콧노래로
악보 그리듯
흥얼대며 밥 타령

# 나의 가을

처서도 쳐서 보내는
빈 멧부리 가슴에
때 이른 억새꽃들이
흔들흔들
먼 허공 우물에
손을 뻗으면
스치는 건 바람뿐

연못 얼굴
백발이 서러운 지
긴 한숨 토하는
물속의 심연
늙은 화상도
찡그린 날 봅니다

# 대한민국 호

외줄 낚시 어선에
간장 항아리 붙들고
낙도 집 찾아가는
노모의 가슴 같구나

# 아네모네

어린 나이에 본 아궁이 앞 어머니
얼굴에 흐르는 눈물 꽃 보았네

돌아보니 내 아버지와 다툰 날
날 보며 괜찮다 가슴에 품어 안았지

어쩌다 우리부부 싸움한 날
오징어 볶음 들들볶는 아내를 통해
그 어머니 등을 보네

# 매미의 노래

사하라 사막 사구에 미끄러지고
갈증 난 오로지 당신 생각에
마지막 남은 한 발짝 또 미끄러지고
두 발짝 오르는 오아시스의 샘

황혼의 대숲에서
미리 내 별들 향해 목이 터져라
똥끝이 떨리도록 부르고 또 불렀지만
수년 후 다시 올 날 기약하며
미루나무 부둥켜안고
살점 녹아버린 껍질만 두고 가시오

# 그 놈의 걸걸

그제 둘째 딸이
해외여행 다녀왔다며
초콜릿 선물을 놓고 갔다

어제는 상해 거주하는
손자가 출국했다

오늘 아침 아내가
손자에게 초콜릿을
주었으면 좋았을 걸

뒤늦은 헛소리
그 놈의 걸걸 때문에
자주 말다툼하지 말 걸

# 하회

하회탈을 보면
아버지 생각이 난다
고기 한 점 입에 넣고
유난히 턱이 많이 움직였다
웃으실 때는 옥수수 같은
치아 하나 없는 합죽이

수원 갈비를 먹을 때마다
아버지 얼굴이 그려졌다
어려서부터 장가들기 전까지
궁금했다
왜 합죽이가 되셨는지
그러면서
네 각시를 보는 것이
소원이라 했다

그런데 며느리도
못 보고 돌아가셨다
화장한 유골에서
못이 한 주먹은 나왔다
나는 못된 놈이다

# 東天紅(동천홍)

동쪽 아침 햇살이
아내 얼굴을 비췄다
뇌경색으로 빗질 못한
머리가 까치집이다

두 손으로 아내 얼굴
감싸 눈을 마주했다
나 예뻐요?
갓 시집온 새색시 같소

붉은 해가
아내의 볼을
빨갛게 물들였다

# 동치미

눈길 밟으며 다녀온 고향
언 손 불며 기다리던 어머니
동치미 익는 냄새가 시큼하다

토담 밑에 적설 맨손으로 쓸어내
항아리 속 살얼음 휘휘 저어
한 바가지 퍼 올리시던 이후로

수필가 누님이 챙겨준 객지의 선물
아침상에 차려놓고 아내와 어머니
꿈에 본 동치미 맛에 빠져본다

3부

무릎 섬

# 낫과 돌

뒷짐 진 아버지 손엔 항상
낫이 들려져 있었다
외양간 앞에 쭈그리고 앉아
배가 폭 꺼진 숫돌에
밀고 당기며 낫을 갈던 아버지

여물 삭이던 소가
머리 흔들며 음매 울던 것이
꼴을 베어다 준 답례였고
밤이면 몽당연필에 침 발라
어머니가 장사해 번 돈
장부정리를 하던 아버지

평생 낫과 돌을 벗 삼은
농사꾼이었으나 낫 놓고
기역자도 모르는
무식쟁이는 아니었다

잡초 허물 베어 낸 낫
녹슨 돌에 밀고 당길 때마다
먼 기억들이 쑥쑥 되살아 나온다

# 탱자 이야기

멀리서 훔쳐보았지
볼일 보다 들켰네

가시 돋친 목소리
가슴 철렁대고
새하얀 엉덩이
잠 못 들었네

달뜨는 밤
둥근 달 뜨기 전에
전학 간 고, 계집애

# 개 같은 세상

옹기장수가
어느 봄날 논둑에
지게를 받쳐 놓고

개들의
그 짓을 보았다

여러 날 객지 생활이
꼴린 작대기를 걷어차
옹기항아리가 박살났다

# 송곳 시(詩)

가슴을 뚫는
시를 쓸 수 없을까

두꺼운 공문을
철(綴)할 때

송곳 끝을 평면에
수직으로 세워야
쉽게 잘 뚫렸다

# 흠(백핸드 발리)

열 살 대나무가
골수를 쪼개는
수술 자국으로
정강이에
흉터가 생겼다

마디마디
연락하고 접합하니
흠을 딛고
세월을 이겨낸
건각이 되었다

# 항아리 부부


양지 쪽 토담아래 항아리 옹기종기
낮에는 해가 보고 밤에는 달이 지켜
곰삭은 된장항아리 맛좋게 익어가네

장독대 평생 지켜 여러 해 맵고 짠맛
해묵은 장항아리 구수한 맛 일궈내며
어머니 손맛 지켜온 우리가족 대물림

깨어진 항아리를 철사로 얽어매어
날마다 행주질로 보살펴 챙겨가며
노년에 병든 부부 서로서로 보살피듯

# 추억의 장맛비

5교시 공부시간 갑자기 천둥치고
하늘은 캄캄하고 번개가 번쩍번쩍
가슴은 까맣게 타고 두근두근 떨린다

기계총 빡빡머리 빗소리 창밖 보며
선생님 산수풀이 탕탕탕 칠판치고
앞개울 징검다리 무너질까 속타네

기상대 호우경보 단축수업 방송에
고무신 벗어들고 책보자기 어깨 메고
누나는 앞에 뛰고 막내아우 붙어 뛰네

# 집으로

아내가 집 떠난 지 3년째다
어쩌다 주말에 병원을 나와
다시 귀환하는 날이면
아이처럼 짜증을 낸다
뒤통수는 늘 집으로 향했다

# 대나무를 가꾸며

나 지금 내 생애의 대나무를 본다
그 대나무가 10마디
테니스 나이를 자른다면 6마디로
45년 동안 테니스를 하고 있다

수원에서 살게 된 것도 테니스 인연
그때문에 삼일학원에
부임해 근무하면서 학교장 테니스
파트너로 매일 하루를 열었다

교직을 정년하고도 그 코트에서
지금도 매일 새벽 테니스로
종아리도 허벅지도 굵어졌다

앞으로 푸른 대나무의 마디가
얼마나 굵게 자리를 지켜
바람을 견디며 자랄지 모를 일

하루 해맞이는 테니스코트에서
햇볕 받은 공기 가슴에 채우며
내 생애 대나무를 키우고 싶다

# 그 개울 어디쯤 흘러

댓돌에 소꿉 차려놓고
신랑각시 하던 우리 순이
시샘하여 소꿉 흩트리던
철수는 어디로 갔을까

네잎 클로버 밭에 누워
아기 염소 풀 뜯기던
그 소년 여기 있는데
인적 없는 산사 앞
개울에 발 담그고
얼굴 붉히던 순이
조약돌에 비친 그 얼굴
등 뒤에서 밀어대는
세월에 어디로 흐를 건가

# 90줄짜리 편지

입원 중인 아내가 외출했다
대뜸 내게 '우리 남편이 최고'라는
글을 써서 편지를 잘 쓰면
방송국에 사연을 보내겠단다

난 우스워 콧방귀 참다가 그래,
어쩌면 아내 말이 진심일 거야
어린아이가 솜사탕 한 입 문 것처럼
말할 수 없는 행복감이 밀려왔다

"그래, 하루에 3줄씩만 30일을 쓰면
90줄짜리 훌륭한 편지가 될 거야"

병원을 퇴원해 꼭 일주일 만에
하루에 세 줄씩 써 내려간 사연이
경기방송 '아침의 멜로디'에 보내져
마침내 라디오 전파를 탔다

# 광교산에서


말 잔등 같은 황톳길
그래도 아직은 유효한
소나무 숲 그루터기 사이로

풀머리 쓰다듬고
손가락 사이로 풀씨 훑어가며
홀로 오르는 산길

망해정(望海亭) 정자에서
휘 둘러보는 사방
손차양 끝 산 너머에
고향 그림자
머릿속에 젖는구나

# 노란 원피스

재활용 수거하는 날 헌 옷 수거함
입이 찢어지도록 옷을 물고 있는
광경을 보면 그날 일이 생각난다

총각 때 구호물자 배급 담당하면서
어사리 꽃무늬 노란 원피스 몰래 챙겨
첫사랑 순이에게 주었던 비밀

노란 현기증 개나리 꽃피는 오늘
울타리 숨어 손짓하던 그녀의 꽃말은
'이루어질 수 없는 사랑'이었다니

# 명검(名劍)

전가보도(傳家寶刀)

보이지 않는 칼날에
피가 묻지 않도록
단칼에
베어 버려야한다

생사를 가르는
적장과의 싸움에서
먼저 베지 않으면
내가 먼저 죽는다

# 무릎 섬

천수만에 노을이 지면
밀물 따라온 고깃배 닻을 내려
내 고향 사기포 갈매기도 잠든다

갯벌 20리 썰물 따라 낚싯대
밀물 뒷걸음치며 망둥이 낚던 곳
수평선 멀리 간월암 가물가물

나 죽으면 천수만 갯벌에
두 무릎 오그리고 누워
낮에는 천궁을 떠도는 꽃구름에게

밤에는 작은 별 하나로 떠있으리
밀물 차오르면 두 무릎만이
견고히 뿌리내린 섬이 되리라

# 할미꽃 봄날

때 아닌 꽃물로
밤을 설치고
산부인과에 갔다

여의사가 미소 지으며
봄바람에 가슴이
흔들렸나 봅니다

일종의 달거리
현상이라 했다

요즘 당신에게
안기고 싶었다며
할미꽃 달분이
얼굴이 붉그레하다

# 살아야 할 이유

재활치료중인 아내가
혼자 거동할 수 있을
만큼의 따뜻한 봄날
돌연 기력이 쇠하는
4킬로 체중 감소로
부축 없이는 도무지
움직일 수도 없게 되었다

수십 년 동안 의식 없이
입원중인 아내를 그래도
보고 와야 마음이 놓인다는
어느 노교수의 말이 생각났다

알아보지도 못하는
아내를 뭣 하러 매일 찾아봅니까?

아내는 모르지만
저는 알고 있지 않습니까?
그렇게라도 살아있는 아내가
제가 살아야 할 이유입니다

# 처음처럼

설레는 호기심에 첫선을 보던 처음처럼
시골 단칸방에서 어렵게 시작한 신혼처럼
하루해가 저무는 저녁에도 내일 아침처럼
나뭇가지에 파란 새순이 돋아나는 새봄처럼
다시 사랑을 시작하자고 고백합니다

〈시작 노트〉
아내가 뇌경색으로 쓰러져 기울어진 피사탑처럼 엉거주춤 걷
지만 그만 한 것이 얼마나 고마운 지 감사한다. 가끔 주말에 외
박 나와 단둘이 마주 볼 때면 어설픈 손짓으로 내 옆구리를 쿡
쿡 찌르며 엷은 미소를 지으며 "여보! 우리 신혼처럼 다시 시작
해요." "처음처럼" 네 글자 "나무에 새겨 거실 벽에 걸어줘요."

# 봄날 오후

나이를 먹어 늙어 가는 것
노인들에게는 슬픈 일이건만
위로의 말로 익어 간다고들 한다

학교 공부 마치고 집으로 가는 길
발에 맞지 않는 검정고무신 끌고
터덜터덜 자갈길 걷던 봄날 오후

새벽에 꽁보리밥으로 아침 먹고
수도꼭지 빨아 점심으로 채운 배
꼬르륵 황톳길 걷던 봄날 오후

내 어려 초등학교 시절 되돌아보니
삶은 떠나온 길로 되돌아 가려하나
기다리는 사람도 없는 인생길 오후

4부

매헌 윤봉길

# 우리 아버지

내 어린 봄날
김이 모락모락 피어나는
두엄 짐 지고 휘청이며
뿌연 안개 덜 걷힌
들녘에서 거름 뿌리시던 아버지

굽은 등 골진 양 어깨는
지게 멜 방으로 움푹 파이고
우리 육 남매 굶기지 않으려
단구의 몸은 활처럼 휘었고
얼굴 주름은 코끼리 가죽 같았던
당신이 보고 싶습니다

# 봄이 오시는 길

누군가 오시나 보다
아주 귀한 분이 오시나 보다
뜰 앞을 쓰는 비질 소리가
문틈으로 들려옵니다

겨울 먼지를 쓸어내는
비질 소리인가하여
창밖을 보니
봄이 오시는 길을 닦아 내는
비님이 오시는 소리였습니다

어둡고 긴 터널 나온 듯
지난겨울은 너무나 길고
힘이 들었습니다

봄이 오시면
부러진 나뭇가지 물오르듯
아내의 고사리 손에도
힘이 실렸으면 좋겠습니다

# 여인을 안아보며

참으로 오랜만에
안아 보았습니다

물에 젖은 짚단처럼
푹 처진 여인을
어깨 밑에 팔을
깊숙이 넣어 들고
오금 펴 가슴팍까지

보름달 휘영청 밝은 밤
신혼시절 솔밭 속에서
안아 본 기억을 떠올리며
슬프도록 아프게
안아 보았습니다

# 안부

사구(砂丘)를 걷고 있습니다

# 퇴침

학생이 질문한 미적분을
풀지 못해 쩔쩔매며
땀을 적시던 수학 선생님

난 그때 수학선생은
절대로
안 하겠다고 다짐했다

수업종료 놋쇠 종이
세 번 울었고
교실 밖을 나서는
축 처진 어깨에서
자존심의 비늘이 떨어졌다

수학교사 38년 근무로
정년퇴임한 내가
선생님의 별명을 부른다

"퇴침 선생님, 용서하세요!"

# 새롭게 빚을 수 있다면

밀가루에 물 붓고 적당한 끈기가 있도록
버무릴 때에 떠오르는 간절한 소망

내 어린 시절 대청마루 널판지에
밀가루 반죽하시던 어머니
둥글게 각진 무릎에 힘을 주면
꺾여나간 관절에 멍 자국이 생겼다

애호박채 바지락 국물에 어우러진
칼국수 면발을 국자로 퍼 올리시던
어머니의 신비한 손

이른 봄 고사리 순처럼 오그라든 아내의 손
3년의 사계 지나도 피지 못하는 손
밀가루 반죽으로 새롭게 빚을 수 있다면
무릎 꿇고 사죄하는 사람으로 빚겠습니다

비바람에 꺾인 나뭇가지에 매달린 팔과
빈 손 꼭 쥐고 펴지지 않는 주먹 손
새롭게 빚을 수 있다면
바위를 등짐 지고 가는 죄인의 길을 걷겠습니다

# 목적지

어딘가를 가기 위해
버스를 기다린다
목젖을 부추겨야
그곳에 가기 때문이다

시공간 속에
삶의 목적지가 있다
사람들은 그 부위가 가급적
아주 멀리 있기를 바라며
또 한 번 길게 목을 뽑고
내일의 목젖을 가다듬는다

# 서글픈 겸상

입원중인 아내가 외박을 나왔다

아침상을 차려 겸상하던 아내
고기 한 점 입에 넣고 하는 말

이게 점심이야?

여보, 혹시 당신 치매 아냐?

날 뚫어져라 바라보던 아내
당신 귀머거리 아냐?

왜요?

이 소고기 등심이냐
물었잖아?

# 느티나무 전도사

죽어 땅에 묻혀 썩거나
불타 재가 될 느티나무가
내 손의 서각을 통해
새롭게 태어났다. 나무도 숲의 동료들도
현판으로 새롭게
변신할 줄 몰랐을 것이다
"소망의 언덕"을 전해드리며
장로님 내외분에게 말했다
"느티나무 전도사가 태어났습니다!"

저들은 약속이나 한 듯
"아멘" 하고 화답했다
그때 나는
천국이 가까이 왔음을 확신했다

# 여로(旅路)

하룻길 산행이라면
아침에 떠나 저녁에 오면 되지

내 갈 길 거의 온 것 같은데
끊어지지 않고 이어 지는 길

얼마나 남았는지 헤이지 않고
자꾸만 살아온 길 돌아봅니다

# 훌쩍

언제나 그랬다
아들 군에 보낸 어머니도
딸 시집보낸 아버지도
정거장에 앉아
훌쩍훌쩍

아들도 딸도 아닌 사람들
빗길에 훌쩍 보내 놓고
허한 가슴 쓸어 내며
훌쩍훌쩍

# 소꿉친구

해바라기 밑에 서서
날 오라 손짓하던 순이

양지 토방에 소꿉 차려놓고
여보라 부르던 그 애

사탕수수밭 꼭대기서
까치가 울던 날

지 아버지 따라서
서울로 전학 갔지

# 사랑은 언제나

가끔은 막차 떠난
대합실에서
바람에 흔들리는
신작로를 본 일이 있나요

이글거리던 해가
붉게 물 드는 저녁
길어진 나무 그림자를
호젓이
가슴에 안아 본 적 있나요

사랑은 언제나
줄레줄레 밀물처럼 왔다가
애잔히 그리움만 남기고
썰레썰레 썰물처럼
빠져나가나 봅니다

# 매헌(梅軒) 윤봉길

백년이 가고 천년이 와도
꺼지지 않는
대한의 불이 있습니다

해가 갈수록
심장을 뛰게 만드는
장부출가생불환(丈夫出家生不還)*

당신은 우리 가슴속에
활활 타오르는
영원한 횃불입니다

*丈夫出家生不還 : 대장부 집을 떠나 뜻을 이루기 전에 살아서는 돌아오지 않는다

# 소나기 연가

어제는 두꺼운 구름층이 하늘을 가렸지요
지열을 동반한 대기 탓인지 무더웠어요
한바탕 소나기라도 내심 기다렸지만,
그나마 몇 줄기 빗방울만 오락가락

새벽 열려진 창 사이로 뚝뚝 두두둑!
베란다에 쭈그리고 앉아 보았습니다
장대 같은 소나기가 뼛속 깊이
고향의 신 새벽 비포장도로였습니다

여름밤 폭우 속을 걷던 일이 밀려왔죠
한 폭의 수채화풍경이 한 점으로 모이고
지우산에 떨어지던 뇌성번개와
개구리 울음 요란하던 인적 없는 거리

자갈길 고인 물에 바지 끝이 젖어 왔지만
엉켜 붙은 우리는 질척이는 빗속을 걸으며
심장의 고동소리와 열정의 눈빛 하나로 이루지 못 할 천년의 사
랑을 약속했지요
그래요, 그 언젠가… 그게 전부였습니다

# 고향

태어나 자란 곳 말고도
맛의 고향이 있나보다
살다보니 두해를 넘기도록
아내의 식성을 챙겨야 했다

김치 볶음이 먹고 싶다기에
아내 입으로 쓰는 요리책 따라
묵은 지를 물에 씻고
잘게 썰어 전골냄비에 올려
들기름 국 멸치 몇 마리
배 갈라 똥 빼고 물 좀 붓고
푹 끓였것다

아침상에 올린 찌개 맛이
아직은 타향인지 수저가 안다

아침 운동 후 집안에 들어서니
찌개 타는 냄새가 진동한다
고향을 찾느라 찌개 타는 줄도
모르고 텔레비전에 빠져 있다

앞으로 얼마를 더 가야 고향을
찾을 수 있을까 비가 내린다

# 아버지의 유산

하회탈 같은 합죽이 얼굴이 궁금했다
치아가 하나도 남아있지 않았기에
웃으실 때 주름진 얼굴 벌어진 입에
갓난아이처럼 잇몸만 드러난 아버지는
고기 덩이 하나 입에 넣고도 유난히
턱을 많이 실룩거리셨다

눈 오는 날 저녁 늦도록 등잔불 아래
왕겨로 도둑 잡았다는 이야기를 하셨다
추수한 벼를 베어 논두렁에 줄을 지어
세웠는데 자고 아침에 나가 볏단 길이를
발자국으로 재어 보면 줄어들었다고
그러니 들판에 나가 밤을 새울 수도 없고
궁리 끝에 아무도 모르는 밤에
왕겨를 볏단에 뿌려 두었다고 했다

다음 날 새벽, 날이 밝자마자
논에 나가 보니 또 볏단이 줄어들어
논길에 왕겨가 떨어져 따라 가보니
바로 옆집 대문으로 왕겨가 흘러 들어가
담장너머 울안에 볏단이 수북하게

쌓여 도둑을 잡았다고 하셨다
그러나 가난하고 못 사는 형편이라
싹싹 눈물로 용서를 빌어 돌아섰다는
하회탈의 푸근한 미소가 떠오른다

# 사춘기

달밤
잠결에 보았네
빗살문
봉곳한 이불山 그림자
들썩들썩
거친 숨소리
마루 밑 멍멍이
목에 걸린
물음표를 토한다

# 테니스 예찬

사소한 일상으로 완성하는
사랑처럼
매일 먹어도 물리지 않는
밥처럼
매일 뛰어도 질리지 않는
관성처럼

모르리 정말 모르리
구경꾼은 모르리 남들은 모르리
영하의 새벽 조명아래
코끝에 매달린 입김의 고드름 달고
좋아하며 뛰어다니는
사소한 즐거움을 모르리
아내가 미쳤다고 말해도
가슴에는 무아의 용솟음

건강을 위해서라지만
그것만으로 설명할 수 없는
우주에게 얻지 못할
사소한 신비를
몸과 마음에서 느낀다

# 고사리 손을 만지며

마지막 잎새마저
던져 버려
홀쭉하니 외로운 자리

나무들의 상처는
수액이 내려간
한 겨울에야 아물고

아내의 왼팔에 들려진
고사리 손이
이듬해 봄
새롭게 피어나기를

# 바람의 호기심

내가 바람이라면
당신의 머리칼을
날리고 갈 거요

내가 바람이라면
당신의 옷깃을
흔들어 볼 거요

내가 바람이라면
당신의 가슴에 불 놓아
태워 보고 싶구려

# 잡초 앞에서

하늘 떠돌던 바람이
비질로 잡초머리 흔들어
한 뼘도 되지 않는 땅에
몇 알갱이 홀씨를 흩트리고
때로는 비바람을 피해
잎 돋우고 꽃 피워도
후미진 그늘 속에서
늦가을 된서리에 사월 때

천수만 어둠 뚫고
초아(超我)의 울음 터트린
어미젖으로 허기 달래며
세파 속에 세 여식이
저 닮은 어린 것들과
천혜의 그늘로 큰다

지상을 떠돌던 바람이
가꾸지 않아도 절로
잡초의 풀씨를 키우면
주절대는 일상이
수굿수굿 고개를 숙인다

# 여보! 아프면 안 되오!

아내가 이제 늙고 병들어
남편의 사랑을 알까?

문병 갈 때 마다
내게 하는 귓속말
여보! 아프면 안 되오

몸 성하고 젊은 날
내가 말하면 귓등으로
듣던 아내
밉기도 했는데

아내의 가슴에
소중한 사람이 되기까지
참으로 오랜 세월 걸린
삶이 아슴찬히 미안타

승강기 앞까지
따라온 아내 손 저으며
문틈으로 사라질 때까지
여보! 아프면 안 되오

# 자전거 데이트

어느 해 가을날, 총각인 나는 첫사랑 여인을 자전거에 태우고 코스모스 꽃길을 마냥 달렸다. 떨어지지 않으려 애쓰며 허리를 두 팔로 끌어안고 등에 얼굴을 파묻는데 물컹한 무엇이 잔등을 자극했다. 넘어질 듯 일부러 비틀거리면 더 세게 끌어안으니 깔깔거리는 웃음소리에 코스모스도 따라 웃었다. 훗날의 가을 길에 서면 오래전 그 물컹한 기억이 떠오른다. 눈 내리는 벌판을 걷다가 바람에 흔들리는 죽은 꽃대를 보며 얼마 전 떠난 그녀를 슬퍼한다.

# 사랑의 말로

잠시 빌린 사랑을 별에게 맹세하고
이루지 못해, 등 돌려 이별 했던
가슴을 콩콩 쳐봐도 상처로 남은

참으로 긴긴 날 하루도 잊지 못해
숨겨둔 보석 남몰래 훔쳐보고
때론 하늘 구름 흘겨보던 멍청이

행여나 만날까 달에게 빌고 빌어
하 많은 날들을 기다려 보았지만
끝내 머나먼 지평으로 길 떠난 너

# 짐은 여유다

무엇인가 어깨를 짓누르는
무게가 마냥 수고로울 때

지친 사람들은 그렇게
지구 밑 땅만 바라본다

언젠가는 땅 속에 누워
푹 꺼질 날이 올 텐데

아무리 붙잡아도 달아나는
혁대로 묶어도 빠져나가는
매정한 시간의 굴레

햇살 고운 가을날은
흰 구름이 여유로구나

# 가을 밤

긴 문풍지 소리에
먹빛 가슴 에이는 밤
달빛 아래 자박자박
낙엽 밟아가는 길

누군가
뒤따라오는가
자꾸자꾸 돌아보네

# 첫사랑 탱고

첫사랑 사수 궐기대회였지 아마
봉급 가불해 휴대용 전축 사들고
천수만 백사장 휘젓던 탱고 데이트

해당화 꽃잎 입에 물고 달빛 아래
요염하게 얼굴 바꿔 춤추던 그녀

아직도 내 가슴을 떠나지 않는데
그대 가슴에는 잊힌 내가 미워

허공 우물 바라보는 투미한 얼굴에
붉은 갈잎 하나둘 부끄러움 덮는다

# 딸 부모

아이를 낳다보니 딸만 셋을 두었다
꽃처럼 봄처럼 큰 탈 없이 자랐다
혼사 때 딸만 있다고 흠이였는데

큰딸이 아들 둘
둘째가 남매
막내가 아들 하나

명절 때는 언제나 명절 지나야 찾아 왔다
밀물에 파도처럼 집안이 시끌벅적했다
세 딸 사위 손자 11명이 오늘 다녀갔다
상해로 평촌으로 광교 신도시로 갔다
썰물 빠진 갯벌에 남은 말뚝 두 개
기러기는 늘 서편으로 날아갔다

# 한(恨)의 산조

해질녘 청솔가지 태워
아궁이 앞 밥 짓는 어머니
신세타령이 오지 굴뚝 타고
하늘의 구름에 섞인다

하루해가 꼬리를 감추는
서녘 붉은 노을 바리데기
시인의 가슴에 타다 남은
모정의 불씨가 뜨겁다

인적 없는 가을 산길을 걸으며
손끝에 걸리는 풀씨도 훑치고
휘적휘적 골반 흔들어 걸으며
여한이 없는 여흥에 빠진다

# 깡통

초등학생이 꽤 심심한가 보다
꽁치 통조림 빈 깡통을 공처럼 찼다
속이 빈 것이 시끄럽고 요란하다

차도를 구르던 깡통
덤프트럭에 깔려 찌그러졌다
뒤따르던 택시가 지나갔다

든 것이 없으면 서럽다
가진 것 없다고 무시당하고
병들고 늙으면 다 깡통이다

# 해설

---

## 일상적이고 토속적인 고향 이미지와 아내를 향한 절절한 시심(詩心)


윤형돈(시인)

# 일상적이고 토속적인 고향 이미지와
# 아내를 향한 절절한 시심(詩心)

윤형돈(시인)

　얼핏 우문에 불과한 얘기지만, 시를 쓴다는 것은 무엇인가? 아니, 삶을 산다는 것은 또 무엇인가? 시의 마음으로 한 세상을 살기엔 삶이 너무 버겁고 힘들 때가 많다. 여기저기 기웃거려 시 창작 교실에 가서 시 이론을 공부해 봐도 강사마다 시 쓰는 이론이나 방법이 전혀 다르다. 어느 것이 맞는 전개인지 뚜렷한 확증도 없으니 그저 미궁 속을 헤맬 뿐이다. 효과는 당장 그때 뿐 별반 생명력은 오래 가지 않고 다시 본래의 자기식대로 되돌아오는 것을 느끼기 때문이다. 이것저것 설익고 낯선 것을 마구 떼어 갖다 붙이다 보면 정작 자기 고유의 시적 유전자 변형이 일어나 프랑켄슈타인과 같은 괴물시가 탄생할 수도 있다. 그렇게 어중 띠다 보면 결국 시인 자신을 닮은 시만이 오직 자신을 위로하고 자신을 구원해 주는 것은 아닐까 자문하게 된다. 하지만 이것조차도 너무 이른 질문이고 너무 성급한 대답이다.

여기서 이번에 제 2집을 펴낸 무봉 시인 자신은 문학입문에 따른 소회와 시 쓰기에 대한 고충을 다음과 같이 토로한 바 있다. "먼 후일 자신이 이 세상을 떠난다 해도 오래 남을 수 있는 것이 글이다. 아무렇게나 써놓은 글보다는 좀 더 감미롭고 감동을 줄 수 있는 글이 필요하다보니 글쓰기 공부를 해야 한다. 늦은 나이에 시를 공부하면서 글을 배우려 하나 내가 쓰고 있는 글이나 시를 제대로 쓰고 있는지 애를 먹고 있다 이제 다시 대학에서 공부할 기회가 주어진다면 문창과를 공부하고 싶다. 평생을 근 40여년 교직 생활을 하면서 30여 년 동안 학생들에게 수학교사로 생활한 사람이 시를 쓴다는 것이 나침판 없이 항해하는 것처럼 어렵다." 맞는 말씀이다. 설사 문창과를 나와 전공한 경우라도 표현 능력의 일정한 궤도에 진입하기가 그리 쉬운 것은 아니다. 그냥 다들 제 멋에 겨워 어렴풋이 시적인 유사행위를 하고 있다 말하면 좀 지나친 혹평일까? 물론, 나 또한 예외는 아니다. 형편이 모두 그러하니 겸허하게 공부하고 또 공부해야 한다. 날마다 숨 쉬듯이 시 쓰기에 전념하고 또 몰입해야 하는 까닭이다.

여기서 잠깐, 한국시단의 원로이신 오세영 시인이 항간에 떠도는 시적 경향들을 예의주시하며 간파하신 시 쓰기에 대한 作意的인 발언을 들어본다. "시는 사실의 묘사도 망상의 제시도 아니다. 한 마디로 그것은 상상력의 형상화이다. 그것도 참신하고, 건강하고, 아름답고, 인간답고, 의미 있고, 가치 있는 상상

력으로 쓰여 지고 또 쓰여 져야만 한다. 누가 무어래도 그것이
원래 시의 본령이기 때문이다." 그렇다! 사실의 묘사도 망상의
제시도 아닌 상상력의 형상화, 그것이 시의 본토요, 원형이다.
그러나 전적으로 수용하기엔 아직 여지의 간극이 남아있다. 그
같은 원론적인 지침 말고 차라리 장석주 시인의 '소박하게 써라'
는 화두에 솔깃해진다. 신춘문예지망생들의 원고를 읽고 던진
촌평이다. "시에 삶이 안보이고 언어만 보인다. 시가 삶에 작용
할지 자문하라. 손으로 工作된 큰 시는 가슴에서 일어나는 가장
약한 시보다 아래다. 간절한 시는 반드시 떨림이 드러난다. 자
기가 써서 자기가 먼저 감흥 할 수 있어야 한다." 아무튼 형상
화든 떨림이든 어느 쪽 이론에 동의하든 관계없이 모두 다 맞는
말이지만, 모두 다 당사자 입장에선 섣불리 적용하기 어려운 지
론들이다. 그러니 매일 매일 본인 스스로가 직접 부딪치고 습작
시대를 여는 수밖에 별 도리가 없는 것이다.

눈이 크고 예쁜 수필가 누님이
정성 들인 비즈 반지를 선물했다
구겨진 아내 손가락에 끼워주니
좋아 죽는 입이 벙그레 펼쳐진다

오그라든 손 만지며 펴 보이는 데
손가락이 서로의 마음 말아 쥐었다
"다시는 놓지 말아요"
속울음 다짐하며 "여보! 사랑하오."

– 『꽃반지』 전문

　시인의 아내는 와병 중이다 그것도 한 쪽 손이 마비되어 자유
로운 거동이 불편하다. 그런 아내 간병으로 늘 맘 고생하는 남
편의 심중을 헤아렸을까. 평소 비즈 공예의 달인인 동료 문인
누님이 반지를 선물한 모양이다. 구부러지고 오그라든 손가락
을 펴서 끼워주니 천하의 우리남편! 둘의 마음이 꽃반지의 매개
로 한결 가까워졌겠다. 반지의 본래 사명은 "다시는 놓지 말아
요!" 속으로 다짐하는 사내의 울음이 진한 여운으로 다가온다.

　　저녁상을 차려 아내와 겸상했다
　　오랜만에 계란찜을 해 놓았다
　　대파 썰어 넣고 새우젓 간을 하고
　　참기름 방울 또르르 굴리고
　　깨소금 솔솔 뿌려 날계란 두 개 풀어
　　물을 조금 넣어 약 불에 찜을 했다

　　아내가 계란찜에 눈길도 주지 않고
　　북어 국과 콩 조림만 얄밉게 먹었다
　　아내 얼굴만 바라보며 찜을 앞으로 밀었다
　　첫술에 맛본 아내가 뚝배기 바닥을 긁었다
　　콧물 훌쩍이며 엄지를 펴 미소진다
　　힘은 들었지만 내일 반찬을 생각하며
　　나는 아내의 하늘 속에서 사는 것에

어느 정도 익숙해 졌다

— 『아내의 하늘』 전문

　　요양병원에 장기간 입원한 아내를 위해 시인 남편은 아예 전
업주부로 나선 지 오래다. 간혹 주말이면 아내의 외출이 허용
되고 이를 놓칠세라 남편은 손수 특수요리를 제작한다. 수시로
돌변하는 아내의 식성을 간파한 남편에게 오늘 주어진 메뉴는
계란찜이다. 대파, 새우젓, 깨소금, 참기름, 날계란 등 다양한
재료로 비율에 맞춰 찜을 해놓았으나 띠앗머리 없게도 북어 국
과 콩 조림만 날름 먹고 있으렸다! 이윽고 맛을 본 아내가 뚝배
기 바닥까지 득득 긁는 가운데, 남편은 또 내일 반찬을 걱정한
다니, 이쯤 되면 아내가 남편의 하늘이다. 한데, 이런 지극히 사
실적인 내용을 묘사하지 않고 상상력으로 버무려 형상화하기란
그리 쉽지 않아 보인다. 그것도 의미 있고 가치 있는 상상력으
로 승화시키는 작업이 어쩌면 계란찜 만들기 열배보다 힘들 것
같다. 그러나 다음 시와 같은 매우 간명한 이미지를 구축한 경
우는 퍽 이례적으로 읽힌다.

비바람 몰아치던 밤
교회당 못 빠진
양철지붕 삐걱거림 속에
그 날 꽃물이 터진 동백

다시는 피지 못할 꽃
그 때 불던 바람 속으로
툭,
떨어진 붉은 그 동백

 − 『툭』 중에서

  우선 제목부터 한 글자 '툭'으로 설정한 것은 평소 시인의 소
설적 스토리 전개 특성에 비춰보면 대단히 파격이고 괄목할 만
한 점이다. 다소 거친 표현이 더러 눈에 띄긴 하지만, 동백의 모
가지가 절정의 순간에 '툭' 떨어지는 시적인 이미지의 적시 포착
은 주목할 만한 발상의 추이(推移)라 하겠다.
  시인은 서두에서 30여 년 동안 수학교사로 생활한 사람이 시
를 쓴다는 것이 나침판 없는 항해사와 같다고 비유한 적이 있
다. 그러나 시 쓰기에 어떤 정해진 매뉴얼이 있는 것은 아니지
만 독자와 줄다리기 게임하듯 항상 긴장해야 하는 건 사실이다.
  갈수록 최소한의 언어로 최대한의 의미를 살려야 하는 난제
를 떠안고 있는 것이다.

잠투정 자주하고
애처럼 짜증 부려
아내의 닉네임을
달분이라 지었다?
찡그린 낯빛으로

칭얼대는 내자 마음 ?

　　－ 『달분이』 중에서

　'달분이'는 달처럼 둥근 항아리의 넉넉함과 여유를 함유한 이미지를 주면서 고향 울타리 옆에 많이 피어있는 분꽃을 연상시킨다. '달달하다'는 추위나 무서움에서 달콤한(sweet)으로 전이되어 알콩달콩한 내자의 달뜬 심정을 한껏 건드리고 간다. 그렇긴 해도 누구나 제 몸 한 구석 어딘가 아프면 투정하고, 짜증부리며, 공연히 찡그리게 마련이다. 이를 극복하고자 남편은 아내의 존재를 유지하기 위한 방편으로 별명을 지어줄 수밖에 없었나보다.

　고추는 양지쪽이
　잘 마른다

　고추 멍석 앞에
　할아버지 몇 분이
　햇볕을 쪼이고 있다

　할머니 한분이
　열심히 부채질한다

　늙은 고추들이

오늘은 잘 마르겠다

－『고추』전문

　시의 소명은 물론 참신하고, 건강하고, 아름답고, 인간답고,
의미 있고, 가치 있는 상상력으로 쓰여 져야 마땅하지만, 때론
아슬아슬한 수위의 경계를 넘어 풍자와 해학의 유머가 녹아들
면 상상의 범주는 더욱 풍부해질 것이다. 글쎄 하필이면 고추
멍석 앞에 포진한 대상들이 할아버지와 할머니, 사용한 도구
는 부채 한 자루뿐인 데, 상상력의 전개가 너무 형이하학적이
었나? 아무리 읽어 보아도 시적 장치로서의 하자(瑕疵)는 없는
것처럼 보인다.

　그날 밤
　우리 둘은
　낮의 해가 덥혀놓아
　온돌처럼 따스운
　산정 묘지
　상석에 누워
　별들을 삼켰다

－『별밤』전문

　무봉 시인의 러브스토리는 이 세상 어느 누구도 따라할 수 없

을 만큼 기상천외하다. 기괴하리만큼 그로테스크한 호러무비를 연상케도 한다. 당시로선 불가피한 사랑의 이유 있는 도피 행각이었을 게다. 60년대식 사랑은 저리도 처절한 형국으로 거행되었던 것이다. 동네 사람들 눈을 피해 별들만이 총총한 야밤중, 공동묘지 상석에 누워 별들을 삼켰다는 사랑이야기는 생각만 해도 무섭고 오싹한 괴기 연애담이지만, 거기엔 엄연히 통쾌한 카타르시스가 우리네 추억의 이름으로 존재한다.

> 외 줄 낚시 어선에
> 간장 항아리 붙들고
> 낙도 집 찾아가는
> 노모의 가슴 같구나

　-『대한민국 호』전문

　강산도 빼어난 배달의 민족으로 평화를 사랑하는 나라, 호시탐탐 노리는 열강의 틈바구니에서도 독도처럼 의연하고 평창 올림픽을 개최할 만큼 국력이 팽창하는 나라, 남과 북으로 갈렸으나 언제든 철원평야의 재두루미로 날고 싶은 나라, 그럼에도 집 나간 자식들을 걱정하는 '외 줄 낚시 어선에' 노모 가슴은 애가 타는구나!

> 어린 나이에 본 아궁이 앞 어머니
> 얼굴에 흐르는 눈물 꽃 보았네

날 보며 괜찮다 가슴 품어 안았지

－『아네모네』 중에서

　유년시절, 아궁이 앞에 쭈그려 앉은 어머니는 매케한 연기 때문인 지 뭔지 모를 서러움의 눈물을 훔치셨다 아버지와 다툰 날은 등을 보이시며 우시다가도 휘둥그레진 어린 것을 품에 안으며 '괜찮다', 다 괜찮다! 토닥이셨다. 그러나 지금은 아내와 내가 사소한 말다툼으로 생의 부뚜막 앞에서 지난 날 '아궁이 앞 어머니'를 보기도 한다.

　하회탈을 보면
　아버지 생각이 난다
　고기 한 점 입에 넣고
　유난히 턱이 많이 움직였다
　웃으실 때는 옥수수 같은
　치아 하나 없는 합죽이

　(중략)

　그런데 며느리도
　못 보고 돌아가셨다
　화장한 유골에서
　못이 한 주먹은 나왔다

나는 못된 놈이다

–『하회』중에서

화자의 아버지가 합죽이가 된 사연이다. 양 볼이 움푹 패인 몰골이 하회탈을 닮아 음식을 입에 넣고 씹을 때마다 무한정 실룩거렸을 것이다. 가속을 붙여야 음식물을 해결하기 때문에 속도를 내는 모습이 남들 보기엔 되게 웃기는 형국이었을 것이다.

임플란트를 완성하고 당당하게 갈비를 씹을 때마다 아버지 생각이 난다. 합죽이 얼굴로 결혼을 재촉하던 아버지, 아버지 죽어 화장하니 못이 한 주먹은 나왔다고 했다. 자식들이 애비 가슴에 탕탕 때려 박은 불효의 못질 때문이리라! 그러나 이제 와서 만시지탄 후회한 들 무슨 소용이 있으랴 우리 자식들은 모두 부모에게 '못 된 놈', 천하의 몹쓸 놈들이다. 이가 없는 자의 설움은 고통을 씹어본 자라야 안다.

평생 낫과 돌을 벗 삼은
농사꾼이었으나 낫 놓고
기역자도 모르는
무식쟁이는 아니었다

–『낫과 돌』중에서

아버지 이야기다. 숫돌에 낫을 갈아 소꼴 베고 여물 먹이던 시인의 아버지는 천상 농사꾼이었다. '밤이면 몽당연필에 침 발라'낮에 어머니가 벌어 온 돈 장부정리 하느라 애 쓰시던 걸 보면 무식쟁이 아버지는 아니었다고 아들 나름 진단한다. 무릇 사랑은 정직한 농사라고 했던가? 식솔을 부양하기 위한 아버지의 부지런한 사계와 수고가 솔직한 글 속에 여지없이 묻어난다. 낫질은 숫돌에 갈고 난 연후에 본격적으로 시작되었다.

　달뜨는 밤
　둥근 달 뜨기 전에
　전학 간 고, 계집애

　— 『탱자 이야기』 중에서

　멀리서 볼 일 보는 걸 지켜보았다니, '관음 탱자화'라도 본 걸까? 이사 가던 날, 뒷집 아이 '돌이'는 왜 하필 탱자나무 울타리 뒤에서 울었을까? 이유는 단 하나, 헤어지기 싫어서. 멀리서 훔쳐보고 가슴 울렁대며 짝사랑을 키웠건만, 우연히 가슴 철렁대는 새하얀 그 애의 엉덩이만 목격하고 '가시 돋친 목소리'가 날아온 것은 지당한 일! 그러나 애석하게도 그녀는 달뜨는 밤 '전학 간 고, 계집애'처럼 얄밉게 야반도주로 소년의 가슴을 쥐어뜯어 놓았던 것이다.

　개들의

그 짓을 보았다

여러 날 객지 생활이
꼴린 작대기를 걷어차
옹기항아리가 박살났다

－『개 같은 세상』 중에서


능청스런 해학과 유머가 번득인다. 옹기 항아리 지게를 받쳐
주고 있던 작대기를 걷어찼으니 그 광분의 정도를 가히 짐작할
수 있겠다. 개들의 수작이 옹기장수의 건강한 팽창률을 극도로
고조시킨 것이다. 나는 먹고 살기 바빠 뽕빠지게 전국을 유랑하
며 고생하는데, 너희 놈들은 한갓지게 그 짓거리나 도모해? 한
데, 박살난 옹기그릇은 무슨 죄가 있담?

기계총 빡빡머리 빗소리 창밖 보며
선생님 산수풀이 탕탕탕 칠판치고
앞개울 징검다리 무너질까 속타네

기상대 호우경보 단축수업 방송에
고무신 벗어들고 책보자기 어깨 메고
누나는 앞에 뛰고 막내아우 붙어 뛰네

－『추억의 장맛비』 중에서

포항지진의 여파가 세인의 가슴을 쓸어내리게 하는 요즘이다. 예나 지금이나 재난 앞에 대항할 자는 아무도 없다. 필자의 유년시절엔 특히 물난리가 많았다. 여름방학 전후 장맛비가 태풍, 천둥, 번개라도 동반할라치면 시골학교 촌놈들은 당장 개울물이 넘쳐 집에 가는 게 걱정이었다. 홍수 범람에 취약한 징검다리를 건너야하기 때문이다. '기계총 빡빡머리'가 '앞개울 징검다리 무너질까' 수업이고 뭐고 속이 새까맣게 타들어가는 것이다. '책보자기 어깨 메고 누나는 앞에 뛰고 막내아우 붙어 뛰고' 이런 '암행어사 출두'와 같은 진풍경을 언제 또 경험해 볼 수 있을 것인가! 그래서 추억은 아름답고, 그리운 것은 산 뒤에 있다고 했던가!

알아보지도 못하는

아내를 뭣 하러 매일 찾아봅니까?
아내는 모르지만
저는 알고 있지 않습니까?
그렇게라도 살아있는 아내가
제가 살아야 할 이유입니다

　　　－『살아야 할 이유』 중에서

　　생존의 법칙, 살아가는 이유, 꿈을 꾸는 이유는 다 무엇인가? 인생을 살면서 우리에 다가오는 여러 가지 어려움과 시련, 고난을 잘 극복하려면 어떻게 해야 하는가 삶과 죽음을 가르는 생존의 미스터리, 목숨을 위협하는 존엄사와 안락사의 대두는 또 무엇인가 가까스로 생명을 연장하는 자에게 구원의 생명줄은 누가 던져 주는가?

죽음이 삶에 대해 가르쳐줄 수 있는 것은 무엇인가? 근원적인 존재와 무의 궁극적인 질문을 던져주는 그런 내용의 메시지였다. '그렇게라도 살아있는 아내가 제가 살아야 할 이유입니다'에서 궁극의 이명(耳鳴)이 들려온다.


사구(砂丘)를 걷고 있습니다


– 『안부』 전문


사구는 지리적으로 말하면, 해안이나 사막 따위에서, 세찬 바람이나 바닷물 따위에 의하여 모래가 운반되고 퇴적되어 이루어진 언덕을 말한다. 일례로, 초봄의 강풍은 서해안 지대에 대규모의 사구를 형성시켰다고 말할 수 있다. 필자는 지금 모래언덕을 걷고 있다는 것인데, 단순히 그런 단층적인 의미만을 내포하는 것은 아닐 것이다. 사구는 또 다른 의미로 '모래 위의 갈매기'라거나 시문에서는 '은은한 정취가 없고 그저 평범하고 세속적인 글귀'를 뜻하기도 한다. 아니면 인생이란 야구장에서 사사구를 얻어 1루에 진출했다가 우여곡절을 겪은 후에 홈을 밟기 위해 심호흡을 고르고 있다는 극단적인 상상을 해 볼 수도 있다. 그러나 '사구를 걷고 있다'는 현재 시인 자신의 '안부'인고

로 더 이상 사족을 붙이기 어렵겠다. 실로 오랜만에 무봉 시인
의 화두 같은, 추상(秋霜)의 시 한 줄 건졌다

저들은 약속이나 한 듯
"아멘" 하고 화답했다

그 때 나는
천국이 가까이 왔음을 확신했다

　－『느티나무 전도사』 중에서

詩書畵에 병칭되는 서각(書刻)은 말 그대로 끌과 망치로 나무
의 배면에 작가 자신의 개성과 사상, 철학을 미적으로 감정 이
입시키는 것이다. 이미 서각초대작가로 입지를 굳힌 필자가 이
번에는 교회 장로님으로부터 '소망의 언덕'이란 글씨를 새겨 달
라고 위탁 받은 모양이다. 느티나무를 소재로 작가는 아름드
리 고목으로 마을의 정자나무로 불리는 느티나무를, 생나무가
아닌, 버린바 된 것을 취득하여 작업했다. 현판 제자(懸板 題字)
는 믿음, 소망, 사랑 중에 희망의 다른 이름인 '소망'을 선택하
였다. '죽어 땅에 묻혀 썩거나 불타 재가 될' 나무가 새롭게 태
어났다는 것은 변신이며 부활이다. 삶에 지친 이들에게 은연중
전도의 사명까지 생각한다면 '느티나무 전도사'가 합당한 부름
인지도 모른다.

마루 밑 멍멍이

목에 걸린

물음표를 토한다

　　－『사춘기』중에서

　무척 늦은 나이에 '사춘기'라니 대체 무슨 사연이 도사리고 있기에 깜짝 놀란 가슴을 추스르며 무봉 시인의 금단(?)의 〈시작 노트〉를 염치 불구하고 엿보기로 했다.
　"이 시를 하나 쓴다고 정신을 집중 하다가 렌지에 올려놓은 닭 한 마리 볶음탕을 모두 태우고 전골냄비도 버리게 되었다. 예전에는 내가 어디서 어떻게 세상에 태어났는지 궁금했다. 내 어려 동네 어른들이 나를 보면 다리 밑에서 주워 온 놈이 실하게 잘도 큰다고 했다. 나는 그 말뜻을 알 수가 없어 늘 궁금하게 어린 시절을 보냈다. 옛날에는 방 하나에 식구들이 모여 살면서 잠을 잤기에 어머니 아버지 사랑하는 모습이 궁금했다. 어느 날 달밤 잠결에 보게 된 이불처럼 봉곳한 山이 생각난다. 거친 숨소리가 궁금했고 마루 밑 멍멍이도 궁금했나 보다. 그래서 나는 ?표를 귀에 걸었고, 멍멍이는 무언가를 잘 못 먹었다가 목에 걸려 ?표를 토했다."
　글의 연과 행이 짧아서 좋다 했더니 이리도 많은 사연을 잉태하고 있었다. 한 뜸 한 뜸 엮인 행간에서 호기심의 물음표(?)가

묻어난다. 그것은 한번 덥석 물면 빠져나가지 못하는 미늘 같이 생긴 낚시 바늘이다. 중요한 것은 아내를 위해 특별히 준비한 요리가 한 순간에 깡그리 사라졌다는 사실이다. 그렇다 시는 순간의 예술이다!

> 승강기 앞까지
> 따라온 아내 손 저으며
> 문틈으로 사라 질 때까지
> 여보! 아프면 안 되오

－『여보, 아프면 안 되오』중에서

'여보, 아프면 안 되오!' 이보다 더 핍진한 염려와 위로의 말이 필요할까? 지금까지 별리의 가장 큰 인사는 "건강하세요!" 정도가 주류였다. 그러나 그 보다 더 가슴 깊이 파고드는 결귀의 말이 어느새 "아프지 마오!"가 되었다 그만큼 세상은 모두가 잠복 환자인 종합병원이 된 것이다. 그렇다! 인생은 지금 부위별로 아프다. 그러므로 '승강기 앞까지 따라온 아내 손 저으며 사라질 때까지' 내 그대를 떠올리면 아슴찬히 서러움이 복받친다. 그래도 마지막 인사는 '여보, 아프면 안 되오!'

지금까지 나는 무봉 김도성 시인의 두 번째 시집 전편을 메모하면서 그분의 시적인 사연과 내막을 어느 정도 읽어낼 수 있게 되었다. 그가 쏟아낸 엄청난 분량의 시편들 중 총 80여 편을 택해 작품 하나하나에 촌평을 달면서 마치 내 자신의 과거 지사로 착각이 들 정도로 감정 이입이 그닥 어렵지 않았다. 이런저런 내 어릴 적 시골생활이 겹쳐지면서 내가 다시 까마득한 그 시절로 돌아가 또 한 차례의 삶을 재현하는 느낌마저 들었다. 한때 무봉 시인은 문학을 하는 이유에 대해서 다음과 같이 언급한 적이 있다.

"시를 쓴다는 것은 그 시인만이 갖는 고유한 시어가 독자에게 감동을 준다고 생각합니다. 누구나 생각할 수 있는 시어로는 좋은 시를 쓸 수 없다고 생각합니다. 심산유곡을 뒤져 산삼을 찾아 헤매는 심마니처럼 사물을 봐야지, 평범한 눈으로 건성건성 보다가는 수백 년 묵은 산삼을 찾을 수 없을 겁니다."

여기서 내가 주목한 것은 '그 시인만이 갖는 고유한 시어'다. 김 시인의 시에 쓰인 말, 즉 시어(poetic words)는 결코 아름답거나 현란한 수식어가 아니다. 그 보다는 일상적인 생활어가 주류를 이룬다. 끊임없이 반복되는 용어는 "여보, 미안해요, 사랑해요, 아내, 테니스, 고향, 첫사랑, 추억, 달분이, 요리, 병원"처럼 소박하기 그지없다. 거기에 토속적이고 향토적인 배경에서 출토된 투박한 '심마니'의 시어들도 거침없이 고개를 내민다. 이것은 그만의 강점이자 약점이면서 또한 무한히 개발하고 연마해야 할 과제를 떠안고 있다.

여기서 시인은 한 가지 딜레마에 빠지게 된다. 시는 사실의 묘사가 아닌 상상력의 형상화라는 것과 시에서 삶이 안 보이고 언어만 보이는 경우이다. 김 시인의 경우, 그의 시가 다양한 체험의 삶에 작용하여 소박하게 쓴 것은 맞다. 그러나 그러한 체험을 직설적인 묘사가 아닌 상상력을 형상화시키는 작업을 이제 본격적으로 시도해야 할 때가 되었다. 그 자신만의 숱한 극적 체험의 시적 자원이 있기에 그것은 충분히 가능한 일이다.

김 시인의 소망은 근 70여년의 인생경험을 문학을 통해 알리는 것이다. 그의 파란만장한 소설 같은 인생사를 '시'라는 작은 용기에 버젓이 담으려면 앞으로 더 빈번한 언어의 분리수거와 절제, 연단 그리고 관찰과 습작이 필요하겠다. 도공의 피와 땀과 눈물이 무심하고 넉넉한 품의 백자항아리를 빚어내듯이 그리고 테니스로 다져진 허벅지를 근간으로 서각(書刻)의 꼼꼼하고 끈끈한 불굴의 굴기(崛起)가 그를 뒷받침하고도 남을 것이다.

# 아내의 하늘

김도성 시집

발 행 처 · 도서출판 청어
발 행 인 · 이영철
영    업 · 이동호
홍    보 · 이용희
기    획 · 천성래
편    집 · 방세화
디 자 인 · 이해니 | 이수빈
제작이사 · 공병한
인    쇄 · 두리터

등    록 · 1999년 5월 3일
(제1999-000063호)

1판 1쇄 인쇄 · 2019년 6월 20일
1판 1쇄 발행 · 2019년 6월 30일

주소 · 서울특별시 서초구 남부순환로 364길 8-15 동일빌딩 2층
대표전화 · 02-586-0477
팩시밀리 · 0303-0942-0478

홈페이지 · www.chungeobook.com
E-mail · ppi20@hanmail.net
ISBN · 979-11-5860-661-9(03810)

이 도서의 국립중앙도서관 출판시도서목록(CIP)은 서지정보유통지원시스템 홈페이지
(http://seoji.nl.go.kr)와 국가자료공동목록시스템(http://www.nl.go.kr/kolisnet)
에서 이용하실 수 있습니다.(CIP제어번호: CIP2019022832)

후원 : 휴먼시티 수원    수원문화재단

이 책은 수원시와 수원문화재단의 문화예술발전기금에 선정되어 지원받아 발간
되었습니다